AQUARIUS

AQUARIUS

AQUARIUS

AQUARIUS

每個人心中都有一座島嶼，
藉文字呼息而靜謐，
Island，我們心靈的岸。

波麗露

崔舜華　詩集
Bolero

【推薦序一】
給我們的女媧

羅毓嘉

> 「成人之後
> 我對世界毫無戒心
> 春天來時，爪上的傷痕總是發炎
> 金色的膿血滴落地面
> 泥濘裡
> 開出碩大的杜鵑」
>
> ——〈一生〉

舜華寫詩，我也是。舜華日益清瘦，像她的詩句，不知怎能負起種種交纏糾結衝突與拉扯，但世界著實很難，便讓她顯得簡單。她寫了超過五百首詩她準備出詩集了邀請我給《波麗露》寫序，當時我一口應允了，卻更該問她——我怎麼能夠？聚首的時候我們甚少談詩，慶幸在酒食煙霧裡的一個個夜晚能令我們齊將白日的疲憊褪盡了，勉力帶著各自的釋然各自回家。

那光景常是生活的罅隙，在露天的酒吧我們飲了一杯又一杯酒。然後，我趕赴下一場酒攤有時我們同路往城市之南，有時候我跳上計程車而有時誰來載她，城市明媚的夜色罩著酒意薄醺，搖曳像豐饒的海。

舜華寫詩。她請我給她的詩集寫序。

認識舜華的詩先於她的人，在網路論壇，新聞台，讀她寫，「那裡展開道路，你來之前／新的磚石鋪就，新的溫差／令敏感的女性輾轉難眠／臨廠眺望，焦碌異常／你來之前，我趕赴濾清一場枝節／沖一壺上好茶葉／剪落透明的指蘭」〈你來之前，我的忙碌〉，一度猜測她的人應該像她的詩，清瘦，繡金，時有細節豐滿而輕盈。

若要我為她寫序，我能找尋個合理的切入點，或許從女性詩學談性別的傾斜，或從中文系的傳承與流變談她詩中意象的篩揀，我能把梳外在的條件因果與敘述，若以這些寫序，都成立，都簡單，但並不能夠。並不足以說明她的詩，她的人，更不足以為一本書，成一篇序。理當要完整照顧一本書的層次，我幾度下筆又刪去，先擬了草稿，一夕醒來重讀她的詩行，卻驚覺我的序文竟沒一行能用。

這讓我躁慮地翻看星相是否正逢月空亡。是她的詩令我顯得迷信。

　　「像一臺播放呢喃雜音的點唱盤
　　　失去音樂，也許覺得還好
　　　還能一步步向上拾階
　　　還能專心，問一句話
　　　燃一炷香」
　　　　　　　　　　　——〈信神〉

詩是人生當中難得的雪景，好詩，卻更像是把火，將綿密的雪原給全數燒融。

她寫詩。如絲綢般披開如雪如浪的詩，想起我第一次見她。

那是《2009臺灣詩選》的發表茶會她戴頂白色毛帽茸茸的頭頂，長靴蹬著會場大理石的地面把所有人都變成馬，於是我閃躲。遠看她清冷的薄唇非常像她的文字，「使用精瓷茶具沖泡雜穀麥片時／從肩膀脫下純棉白色睡袍／任其掉落於遠東婦女的手織地毯上時／⋯⋯／思考關係，以及彼此關係間的關係」〈你那麼帝國主義他那麼病〉，但之後，卻明白了舜華的詩不是姿態，而是不確定的姿勢之間，一再的轉換與詰問。詰問怎會在行走時愕然失去了路，「曾如霧中降下的雨／刺啄我朦朧的感官／與其它容許被言說的形式」〈行走時失去了路〉。

清冷的荒原，卻充斥聲光燈色，一個怎樣的時代讓我們喝乾一杯再乾一杯，沒有答案。還是問，越繁華就越是寂寞。

是繁華，讓愛充滿毀滅。

時代的改變無疑讓我們這代詩人再難專事寫作。於是打開城門放生活進來，磨耗了，於是尋求愛的慰藉，放任隻獸啃噬我們的血肉。她換了幾次工作，我們接著談生活的艱難，相應於背叛與照護的種種音色我們飲酒，食麻辣鍋，撈

出幾塊鍋底鴨血豆腐食畢了就大聲碰杯,笑中帶淚,譏嘲彼此的順利不順利。生活與愛無疑是她詩行間透露著的,艱難的本質。

生活的安定不安定,愛恨都是信任不信任。猜疑與憤怒,溫柔和依靠,背叛與照護,愛起來她寫「你衣著簡便／體魄康健／耕作勞動時帶著知更的機敏／我在屋內捲菸,斜倚床沿／用親手採集的棉與麻／編織秋天輕軟的風景」〈九月的時候我已深深愛上你〉,又揭開愛離去後徒留的傷口,有的已經結疤更多則不。

當舜華說起信匣裡曾不斷傳來惡意的簡訊,我試著聆聽她內在激烈的尖叫與碰撞如她在風中會有一襲亂髮,那些壞的主管壞的情人,一日起始一日終結,無詩無歌的時代開展了日常生活的無歌無詩,我們掌心還有酒一盞,還能慶幸我們「彷彿就此釋懷過往／你那麼帝國主義／他那麼病」〈你那麼帝國主義他那麼病〉。慶幸自己還能愛,但愛為什麼總是帶來傷害,讓人不安,為什麼,她的詩貼得身體那麼近,最後卻必須發現愛到極處並不生恨,卻是再不能愛?

> 「將左手反縛背後
> 　成為一把鎖,鎖起脊椎
> 　鎖起開放的身體
> 　鎖起淫逸、不安的戀情
> 　……
> 　是三月的櫻桃
> 　唯恐被摘取而終日惶慄

　唯恐被愛

　而一生不安心」

　　　　　　　　　——〈安全感〉

　　和舜華相比，想來我算是生性樂觀到無可救藥的那種
人了。有次，在手機上的對談我這麼說，「我們都曾受過傷
害。無論嚴重不嚴重但總是會好起來。」她則說害怕自己無
法好轉無法抵抗，她接連問了幾個為什麼她問。問了但沒有
答案，怎麼會有？眾多傷害的線索，折磨的細節，苦痛的黃
昏與自己負重的整個晚上，連續發佈了幾則自棄的訊息我打
電話給她，但不能幫她承擔一個世界墜落的試煉。

　　幸好幸好，那些都成了詩的原點。若沒有了詩，生活會
是什麼？

　　這問題我們都想過，但不敢問。甚至不敢設想，所以持
續地寫詩像飲酒抽菸餐食間，舜華不斷拿個小杯斷續吐著口
水的一個晚上。一個晚上她吐出了可能有三十西西我想那是
靈魂和甚麼的中介物。而詩人難道不是世界的中介物嗎？一
個詩人她活在豐饒的時代「大量的物質，雕花精瓷／供應每日
清晨／一刻鐘的自我輕賤」〈閉居者〉，「將久病的肌膚寫成
了字／嵌入淺眠的掌紋／若你碰觸我，便可閱讀」〈六月〉。

　　吐出絲，寫成字，經年累月於是有了這冊《波麗露》。

　「有如南島未降的鵝毛細雪

　　給予世界一點細節

我們感到缺乏主張
因而想罷了手
因而想回頭張望」

　　　　　　　　　──〈十二月〉

　　讀舜華的詩她明顯是個好的詩人,讓我閱讀讓我發著熱度意圖抄寫。抄寫〈煉人絮語〉,抄寫〈我的夢重疊著他人的夢〉,每一個細節她縫補她錄記,她寫下的所有事物,生於傷害、煉於烈火,卻生成了彩石,她騰身飛起,補滿我們蒼白的天空。

　　若女媧生在當代我想那就是她。

　　「為什麼生存是容易而/艱楚的?容易得/像過敏時草率丟棄的噴嚏/艱楚得像一夜爭吵後/伸出手臂/挽留掩門離去的愛人」〈我心中的瑰寶〉因為目見這生活當中無盡蔓延的細屑與破碎,感覺無可奈何但仍戮力將之縫補;因為堅信世界的美善,堅持對愛的信仰能補滿了天空遽然張裂的破口,「在重修五次的課堂上/你提問──為什麼/女人有知更鳥的咽喉?/為什麼做愛/適合在仲夏時節/一場淫蕩的雷雨之後?」〈我心中的瑰寶〉發問然後復原,堅信痊癒的可能,遂日日煉石,以詩補天。

　　於是在《波麗露》的最後一行,她寫「最後你說:/繁/轉瞬間,愛人的眼睛/萬花盛開」〈給下一輪太平盛世的備忘錄〉。

　　我必須這麼說——盤古闢地，女媧補天；世界因盤古而生，但無女媧，就不可能真正完滿。在這一切善美均近崩壞的時代，愛情升起而又覆滅，幸而有詩，在天空崩裂之時將你我守護。

　　舜華的詩無疑是備受期待的，而我更願意相信，她就是我們這個世代的女媧。

目錄

陸‧圓舞曲與皮影戲

壹・

走廊盡頭倒數的房間

密室遊戲

我的生活是一座密室
風漏不進
點滴無光
在黑暗中伸出手掌
數算白日的透明的消亡

無砂，無沙漠
無一月的雪
無九月的窗
沒有鑰匙，沒有電力

沒有記憶，沒有睡眠
唯床一張

唯信一封，摺疊在枕下
我就著黑夜閱讀
以腹語默誦命運的走向
仍打掃乾淨，盡所能之力
劃定範圍，默許親近
張開眼睛

把出路當作
祕密的約定
依靠你，五月的晨光
三月的櫻花

閉居者

終於明白你也無法懂我
赭紅街瓦中比鄰而居
檀木的窗栓為對方而鎖
入夜後，簾內巡迴霜糖色的燈光
在矮几擺上一壺伴讀的晚茶

彷彿互為傷口
善於彼此詮釋
夜寒體虛，在屋內
我恣意順利攝食：

紅酒燉肉、玫瑰粥、裸麥湯器……
大量的物質，雕花精瓷
供應每日清晨
一刻鐘的自我輕賤

大門深鎖只不過
為了供你華靡異想
當我伸出手，當我
並不伸出手
銀黑蔻丹或楓緞洋服
你來不來，或者
你不想走

你按過的門鈴
永遠自由狂野

梯前的小氈毯則
一身澹然無憂
「窗簾也是紅髮女工的手織品。」
我好羨慕，因而欲眠
卻同時又對世人
感到了些許微微地讓拒

最後還是闔起書
嚥下珍珠般的心機

你來之前，我的忙碌

你來之前，我忙於收拾房間
滌洗久置的孤獨，那些氣味
證據常留我年輕的肺

抽屜鎖上，但留下空隙
方便你伸手抓取，當飢餓來臨
我就在那裡面
焚燃無數枝菸
窗簾的花紋，透露狡黠的墨跡
背身之後夜夜書寫悄悄的身體

我的髮梢越趨短練
語言鎖閉簡潔
乾淨的床單，小小的頸部的皺褶
我的忙碌穿透了牆壁
走出去，到大街上

那裡發生革命，也許久遠以前
也許現在，豐熟的標語鑲嵌在人們的背脊
亞麻粗布上衣，張開雙臂歡迎
一整鍋粥，一整座湖
繁蕪的熱情
鑄造武器的綴鏈

那裡展開道路，你來之前
新的磚石鋪就，新的溫差

令敏感的女性輾轉難眠
臨廄眺望，焦碌異常
你來之前，我趕赴濾清一場枝節
沖一壺上好茶葉
剪落透明的指鬾

那間漆黑電影院裡發生的事（一）

在那間漆黑電影院裡所發生的
狹小的事，溫軟的座椅
經上萬個臀部摩擦篤定後產生的
奶油腐敗的氣味如早晨的荷爾蒙
激引屏中的男體
穿上刺棘的短髭

他讓你感到挫折，有一點點受辱
但很快地恢復
獅鬃般的肌膚

擁有泉水的質地
那雙手──目送戀人離去的短指尖
如此不堪，又有點需索

你的前額露出一點點毛髮
漆黑如濃墨如夢魘的電影院
我的瞳孔綻演白晝之樹
而分外醒明
用起始句以對白
敲打觀影的椎頸
你的嘴唇不比任何人，那麼真實
地平線橫越溫度與愛
與所有假想的英倫的氣候，偵探，與敵手

在那間漆黑的電影院我們危坐如兵
金色的希臘走下伸展台對我
伸出巴黎般的手肘

——刊於266期《笠詩刊》

那間漆黑電影院裡發生的事(二)

減去票根,我們挨次入座
我的肩膀緊挨著你的
棉料填充的厚外套,右手臂
髮梢悄悄分歧,留下荒誕路徑
針織披肩善作閱讀
溫暖柔軟,默記在心

那麼瘦削你的肩窩
彷若墨西哥脆餅,引起空間的食慾
旅途遙遠,對白裡

偶然的遊蕩的愛情
動用身體，四目交接
俊美的西方男人與世間女性的集合體
為何如此感人
彷彿真實無欺

再奪回那兩片嘴唇
說出的話也不是我的

——刊於266期《笠詩刊》

那間漆黑電影院裡發生的事（三）

他倒咖啡，他烤派
酥而露骨的派邊
簽佈焦脆的字眼
夜晚含糊，感到何苦
她身著毛料短大衣
模樣敏感而細膩
足蹬數城燈火
紮成一握輕盈馬尾

我們曾摸索對方
年少無波的掌紋
在黑暗裡，算取你欲求的名冊
讓我側寫其上
以略見軟弱的字

稍微繁複
有跡可循
並肩挨背
空氣充滿狹窄的盥洗的氣味
此刻為何感到些微忍心？
為何眼角燻涼
一如往昔？

貳 ·

塗抹市井顏色

婚禮

並未享有太多的注意
我的教堂，你的婚禮
我的神，你的禱告
我的華服，你的身體

我溜進加長禮車後座
像那個清晨把魚傾入水中
究竟是誰吸收了誰
為何仍然新鮮
你的眼睛，戀人之目

在我們短促的街道上數度分別
揮手時破損的袖口露出了棉絮
猶如創世的初雪

你來到面前，我稍微羞愧稍微歡喜
你輕滑而過，如一株春柳
水面上被擊破的倒影
你的壯年，我的死心
你斂目而諾，我旁觀者靜
你的婚戒，如臨大敵

——刊於266期《笠詩刊》

葬禮

後來
常穿的那件披肩上衣
致送給深秋的湖岸
你夏日的小屋,離我不遠
想過要再次透過半掩的窗呼喚
新凝的霜
以冷寫出你側臉的草廓

那些孩童都離家遠行了
我看見他們雛弱的腹部

惦恚下一次快閃冒險
當我
臥於岸邊
白樺的低吟鋪就我每一夜好眠
透過湖水的流翻
我想及海
想及你鎖上楓質的舊門後
將要涉入的場景

我在這裡睡
永不匱乏也
絕不滿足
當你行來
林中的炊煙描劃出
你的輪廓

那是我曾學習過的
最珍貴的語言

一生

成人之後
我對世界毫無戒心
春天來時，爪上的傷痕總是發炎
金色的膿血滴落地面
泥濘裡
開出碩大的杜鵑

我彷彿接收到暗號
直立四肢
迎風吹乾皮毛

春天過去了，路邊的野草
一路狠狠綠到了七月中旬

夜晚
螢火蟲旋繞水邊
掀起柔軟萬幻的碧色漩渦
我覺得傷感
又不懂得快樂

唯一清楚的
只有愛，與被愛
每當戀人們彼此環繞
整座城市飄起乳與蜂蜜的氣味

然後雪降下來
我是銀色的幽靈

纏繞每一個黑甜的夢境
探尋祕境
但從不洩密

空心

談完話後
你開始練習
數算指節與指掌之間
那些年少時度過的
無數
謐暗而潮濕的夜晚

你也曾自問，反覆叩擊
對街公寓裡
朽蛀的彼門：

為什麼總是那麼寂寞？
彷若空心
大多時日裡
無雨也難晴
繫著絲質領帶的愛人們
微笑告知：他們滴酒不沾
無壞習慣

過了一半又一半的五月
春天總是浮腫
臨睡前的交歡
顯得分外敏感
你睏去，浪即送來
一段無風帶的漂流木塊
裸露胸膛

迎來清晨五點
珍珠色的太平洋

愛的寂寞

這麼說來我們一路走過
魔幻如同騙術的風景
我嫉妒你
你抗拒我
最後一起擁抱著跌落湖裡
知道在事物的深處才能開始重新
瞭解到我們的姓名出自何方
從分娩時往前推算一個月牙
走扛簡陋家當的遠房表親
從山側走來

喃喃自語
他的上下唇碰撞如蜂鳥
就是那樣給予我們生命
給予我們入世之前的貧窮
身體的紋路
音節與咬字
清晰如畫並且令人讚嘆
註定要一人獨行於沙漠
當落日睡進了語彙之中
練習瘦而露骨的十四行詩
單獨去領悟愛的寂寞

我們度過一個忙碌的週末

我們度過一個忙碌的週末
像赤腳，橫跋過一座多言的河流
為此要穿質料高尚的衣裳
於彼清晨搭上第一班火車
從島北，抵達島南
——怎麼能藉著短暫的旅行
絞脫去生活累抑的溼氣？
怎麼能藉由死
而重新獲得了乳與蜜？
在高速移動的車廂裡

島嶼邊緣我們沉思
雨與露一般的話題
從九月開始漸瘦的秋陽
勉強也曬褪了衣袖的縐褶
車窗轉由西照時
你的腿膝爬上一縷黃金葛
而我垂肩的頭髮
已幾度灼熔了想像
我們用鞋跟與手指渡橋
在傍晚的青草地的邊緣
馳遠了諱語的隧道
我們碰觸彼此，從瞬間通過時間
如同以往一個又一個
我寫字，你看電視的夜晚
椅套的線頭與成套的枕褥

像安逸的貓群轉眼就躍走
而窗外迅疾如落鳥的
光的羽毛
連城的夜
滿載食物和飲水的推車緩慢而迂迴地
向我們推銷蛋白質、澱粉與新陳代謝
以及旅程中未消化的結論
──苦嗑的愛，徒勞
的陪伴⋯⋯
已經可以看見河道的盡頭
裸露的橋垣，與依次熄滅的燈星⋯⋯
你催促我起身下站
我撫平裙襬的漣漪
那餘震，一路流蕩而搖動了黑夜最深最軟的芯

牽手越過感情線

——記夏卡爾

清晨醒來，更衣
棉被裡夢境等身
愛人溫暖，正呵欠輾轉
我像偷渡的魚
洄游潛入睡眠之域
氣象有云：今日天涼
微雨。

週末我們並肩慶祝
晴日難得，旅途戲耍

我們攀上山脊
探望善感而多歡的友人
他單身獨坐，執筆疾走

他說：時值春分
滿溢戀人之吻的草地野餐
花束的火焰燃照眼眶
我們在藍與黃之間感到溫暖
他的灰色那麼嬌艷
為婚嫁與信仰反覆傾倒
光是觀禮
就感覺自己何其幸運而豐滿

接近尾聲的假日
春寒猶嗔

為你哼起了南方的小曲
牽手越過了半山感情線

安全感

將左手反縛背後
成為一把鎖，鎖起脊椎
鎖起開放的身體
鎖起淫逸、不安的戀情
這些都可以成信
寫給遠方那此生不願再見到的人

右手致電給你
像是旅行的標記
以膚髮為圖，供飢寒的浪者

用指尖作虛線細細行過丘陵
從鞋尖露出的腳趾
是三月的櫻桃
唯恐被摘取而終日惶慄
唯恐被愛
而一生不安心

新生活

就像所有劇本編排的
她微微一笑
肘上挽一只小羊皮革包
於是就知道她將要開始新生活

但我是久困於
茫茫的夜裡乾澀的淺灘的人
若不是春天
沒有熟落的櫻花的雨水
若不夠好
就不足以讓你快樂

就過生活如同
被排演了千萬次的蒼老的舞台後
那唯一一次的差錯
買廉價的玩偶
說違心的笑論
渡久旱的河流

參.

總有某種神令眾人幸福

待我如同形上學

我固定使用留下證據的那間廁所
感覺輕鬆、保守
彷彿某種道德優勢
順利拿出摺疊手紙
只有此時甘願自己貞潔無貳

曾經照燃末路燈火
感覺喉嚨酸楚，腸胃脆弱
凡情感形諸動態
引來飛蛾般的心緒冷淡

滿月時分
我的子宮抽搐而豐滿
跨越南國抽長的山林
預備為最貧瘠的土壤受孕

也因此情慾蓬勃
像仲夏飛揚的草籽
從春到秋沿途採購
南美小鎮特產的風味蔬果
婦女開窗，收回被褥
亞麻色的顴骨上有鴿語停歇
我的齒肉脫落
總是在笑，產生誤解

眼見發起革命
眼見雷雨奏鳴
明明別無所圖
為何輾轉煩憂?
「因為頭疼,因為牙疼……」
因為桀逆的產道反叛奶油般的肌骨
初經來臨前晚
沙漠裡一批自由的戰俘
傳遞廉價雪茄,啞聲談論

身為南方女子
得要菸草與上好布料
啟動蜂蜜色的虎牙
又是一場甜韉的攻防
「跟我談談童年。

跟我編造謊言。」
彼此疼愛，無關痛癢
在西曬前跋涉床榻的小冒險：
寵物蜥鬣、偽裝術、玻璃花器
輕量揶揄與法式瑜伽內衣
殷求你待我如同形上學
待我如世間第一個晚春
烘焙我腹內永恆乾燥的胚胎期

刑場

六月的時候
雪早融了
窗外的女人猶然慵懶齜磨著刀刃
我從窗內窺探，想告訴她：
我想她。
她袖緣滑出的皓腕
像一種毒豔的鄉愁
引所有路過的人回首

午後小小的陽光睡進她的頸窩
像一個字，一句謊

醒了又寐去的淺軟的夢
她掌心鬆鬆噙著秋後的月牙
進入了晚冬
但還不到春天
一整年
她以那麼嬌媚的神態磨著刀
我用眼睛走入她心底的刑場

閏月鬼

由他擒一把月白的匕首行刺
我雪葬的夢境
至今持續涓滴失溫

由他╱凡事都由得他
行動詭影如三更樹影
（紅蟬紗帳╱蔥指漬痕）
屏息潛伏如七月的遊魂
透明的手勢釋放出
曖昧的修行
輕取我比魍魅更稀薄的自尊

（紅蟬紗帳／蔥指血冷）
由他去建造一座恆潔的墳
前世的死現當貴如新生
（生年不滿百／常懷
千歲憂）
七月的遊魂突發傷感
濃稠的怨霧真空密封
教廣大生者自悲如微蜉
人鬼思緒如色色碎石
滾擊大雪紛披的岩漠

生年不滿百／折煞
閏月鬼

信神

四月下旬,天氣:時晴。
風與雲
總是雜枝過密,葉漏點滴
到天明。有人適合遠行
有人駐留原地
我們也跟著走
不算遠,快到了。你如是說
車行緩,車行急
行人煩躁,溽春如蟻

避開提前半季茂盛起火的矮灌木
並盡力避開陣雨

避開因為：那些並非重點
若披為衣，眨眼就被脫棄
而我預先標註好的是：
平安順利。
蹬一雙高跟皮鞋
走入春日的尾章
充滿燭與火，念頭與煙霧的

我的問題
相當老派而無趣
像一臺播放呢喃雜音的點唱盤
失去音樂，也許覺得還好

還能一步步向上拾階
還能專心，問一句話
燃一炷香

對於願意相信的人
也就是多或者少
有，或接近沒有
的邏輯
但失去了選擇也許就真的什麼都不剩
於是擲一枝筊
祈求平安順利
也許有一點累
也還是跟著走
經過誰身旁，彼此碰撞了肩膀
千百句隱於煙霧中的禱詞

霎時間字字讀現
墜落地面
盛開為心

我荒敗的聖殿供奉著神

太多信任，於是一生無能
密室中，唯我惶恐
戒慎準備
髮烏黑，衣整潔
祈禱但始終愁坐
於黑暗，坐立難耐

也許一無所有
便不會步步受困
多年來，我信仰美貌青春

身體化成一座荒敗聖殿
供奉愛後復生的神

經典裡，我撕去
遺忘的人
挑弄幻技的語言
做自己的幽靈
設自己的陷阱
然而

然而從未有過啟示
甚至難論乳香或蜂蜜
當自己的使徒
以樹枝劃定了線
信為規準

信是歸宿
展現忠誠，同時發動叛亂
太過貧窮
乏於防守，一無所有
張開手割據了天空
眼看你從高處墜落

魔鬼藏在細節裡

他們說：魔鬼往往
藏在細節裡
用粗而漆黑的墨水寫就了
我心底的地獄

作為瘋狂世界的
少數箴言之一
我感覺迷惑
旅途之中，茫然失所
風雪中，鞍下的白馬
輕輕回頭

森林極其深邃
道路盡頭綿延另一個盡頭
譬喻之外，一字難改
十月的天空
落下針尖與玫瑰的雨

世界的邊緣
座落著巨大的廣場
中央的噴泉壓抑地吞吐
花蕊般冶豔的湧瀑
遠處的戰爭向虛空呼喊：
動盪，動盪，動盪

逃亡的居民以手指示意
廢棄街道旁的獨身公寓

鐵雕的窗臺
細巧如髮的雕花欄杆
他們說魔鬼就藏在

所有生存的細節裡
睡眠時被褥掀起的縐褶
修剪時飛散的指甲
梳頭時掉落的髮
髮的逆時針流向
愛人爭執時睫毛上
凝結的傷感的雨季

而你藏身之處
我已無從估計

肆·

事物依序前進的時候

二月
—— 夜讀零雨：城的連作

我出生的那一年
夏末，秋初。
詩人書寫土地與雪
為這個國家姓娠多孔的峭岩
以最賅潔的語言
打造文明的睡眠
怎樣的夢
才有上好的營養素
罌粟紅，橄欖綠，榴槤橘
嬰孩般無所遁形的藍

我良久沒有張嘴
動用卵石滾落的音節

確認稱謂，確認：
野蠻的噴嚏，驚起
儒雅而不祥的鳥群
我將出生標註在冬天
在人人慣性夢遊的年代
打鼾時吃粥
碰到牆，轉彎洗水果
那年二月
碗裡的水質就像剛去皮的蘋果
嘗試寫作，嚼蘋果皮
我握著核桃般的拳心
等她給我：金乳與蜜

一百年後，我的小鎮
酣睡為一座虎嘯流風的河
河繞緊我，捨以甘露
承我以柔軟的礫石砂床
她埋首書寫
以雨以雪
撕毀的羊皮紙塞滿了房間
而我等待二月
那年冬天，塵泥曳著狐裘的尾羽
愛人的腰引起落石
躲避到失修的廟
向祖靈祈求安全

一千年後，我變得削瘦
如猿猴日日攀引的松鬚

以瀑的步伐流向死亡
世界凝視我，以她的獨眼
破解我穿戴的緞帶褻衣
我成為一道謎
在被濕浴袍包裹的月色裡
猜測自己的身體和年齡
肌膚是吸飽墨跡的狼地毯
詩人打翻了紙和筆
她為我準備土地與雪的節慶
為我分娩多夢的二月
我墜地
降世為搔刮崖松的風
風與風景
無聲無息。

三月假想

三月時，鶯不飛
淋雨的草露仰起了項頸
我們牽手爬上傍晚的屋頂
在市區的半空
假想櫻桃熟落的一聲唧啾

假想大隱隱於巷的好天氣
關於末日的消息四方流竄
人們吞嚥著苦難
又反哺而言愛

假想自己說喜歡你
開口前先抱住你寡言的腰
午春三月
花蔓嬌弱的尾音攀上你的脊梁
一方玲瓏風景
供我寧靜滋養

四月荒原

夜裡我們常對面困坐
讓睡眠沉澱溫暖水底
像一尾偶爾照面的魚
時時驚趣，遁游而去
留下一宿樸素空逆旅

房間裡，我們清醒
自我感覺彷無瑕疵
我們親吻，發出異議，轉身探詢：
自由，博愛，但絕不平等。

你善於玩味這款曖昧語彙
以舌尖齒緣反覆揉弄音節
一株蒲公英飄落膝前
輕易擊落四月的荒原

「那平坦與廣闊，有如另一種完全不同意義的
平坦與廣闊。」
你這樣想，也隨之脫口輕誦：
風沙，龍舌蘭
吞吐陽光的沙漠蜥蜴
想為你梳直頭髮，噴上七零年代的香露
按下快門拍一張照
我所能做的
其實也僅臻於此

五月

該怎麼做
才能避免一生受傷?
鎖起了門,窗掩八分滿
再點一輪蜂蜜與龍舌蘭
和不同的人見面
分飲或多或少的話題

也許會有用吧?
乍暖又寒,風來雨驟的
五月。

正好路路生木棉
鳳凰樹等待復等待

從時間的縫隙擷取了一點比喻
莫非是廣場或者公園
前往某處的路上，我聽歌
聽雨暴落而後歇
其中矛盾如誤入了他人的暗房
閉起眼睛洗手
洗心底終年曝曬的旱季

如果能被印證
那又算是什麼？
眼見所及，遊走隱喻與非喻的荒野
--首徹夜重播的歌曲

一部鮮為人愛的電影
一封再也無回應的信
一個連日無音訊的人

六月

直至六月
晚間仍起風
大約是時針不經心地指向
太平洋的時候

等待花紅葉綠
這麼普世的譬喻，使人歡喜
我鎖上門，捻起了菸
塑造一種初夏的偈意

將久病的肌膚寫成了字
嵌入淺眠的掌紋
若你碰觸我，便可閱讀
從謐凝的晚嵐
到杜鵑的蕊心
我就是六月最棘手的隱喻

若你接近我，若你耐心
從地毯的邊緣徒旅至床褥的脈褶
樂意並肩挨坐著
分享一首異域的歌
如同一行親密而潦草的簽名
留給六月午後的雨
窗邊溫婉的水漬

———刊於《台灣七年級新詩金典》

九月的時候我已深深愛上你

一月時你經過身旁
運送第一批清晨的涼霧
你心流連的土地
輕輕染上了鳶尾藍

到了二月
夜晚清澈而平淡
如墨色的版畫
你在線條間駐足
頻頻回顧，肩臂的肌肉
強壯勝過熱帶的硃砂紅

我們的語言充滿色塊
那麼原始的母韻
剝落文明的喉結
五月，你張開雙手
擁抱一個茉莉綠的午後

九月的時候我已深深愛上你
你衣著簡便
體魄康健
耕作勞動時帶著知更的機敏
我在屋內捲菸，斜倚床沿
用親手採集的棉與麻
編織秋天輕軟的風景

當時序緩移入冬
文明的膚表鍍上黃銅

你舉行生殖的祭典
在我體內豢養半季豐收
綑好柴火搬進小廚廳
庭院裡
雨後蓄著幾灘祕密灰

十月憂鬱

每到秋天
世界發作起節氣性的牙疼
粉紅色的陣痛教人醒覺
二十歲那年罹患了所有猶疑
卻步推進佔據我強勢的身體

半生過後
終於來到了夜晚
月光白豔，海浪柔軟
萬籟消謐，風息魅異

我往後奔跑，沿途海岸線
筆畫姍姍，一路往南書寫

抵達異國的露天酒館
開始勞動，擦洗散溢金黃麥香的橡木桶
與陌生的醉客交換隔夜的信諾
關於十月犯上的憂鬱症
也只是
那天往井底探身而下時，瞥眼間
與沉淪水光深處的自己錯肩
導致某種幻覺，近乎喜悅

十二月

十二月
才開始認真生活
每日早晨：掀開被褥
半掀窗簾
用半邊揉皺的肩
承迎寒傖的陽光

愛人無病
值得歡喜
再多的，不過就是泡一壺茶

讓蘊舊的蒸氣
在眼睫間昇起

若想更多——
還賸下菸半盒
酒少許
擺在木質的矮几上
彷彿充當年末餘日的總結

已經編織太多語言
書萬字，筆三枝
壞掉的關係
沒有寒薄味道的奶茶與之匹配

沒有蓬鬆適中的髮型
就無法下好註解

洋裝、涼鞋、手機
因晨氣凍白的肌膚
預備蔻丹鮮豔

彷若儀式
許多的撫摸
許多的齟齬
還愛著其他人
或怨著更遠的人
失去幾齣劇本
承擔一些戲詞
十二月
才開始動身
面對廣場曠冷的咖啡座
寫好不投寄的信

才想要扔進水裡
撕碎成屑
有如南島未降的鵝毛細雪
給予世界一點細節
我們感到缺乏主張
因而想罷了手
因而想回頭張望

磨損的記憶
新印的書頁
感到閱讀的幽靈悄悄附體
成為一切言說的主題
面對朋友，面對親切群眾
面對晚會與故意缺席者
想引起注目的那些空缺

只有指間初燃的菸
讓我感受到存在與匱乏
只有霧，讓我體驗世間的未發
只有星辰
向旅人揭示象徵
只有傍晚美妙的夕色
能造就一生美妙的看望

——刊於《2009臺灣詩選》

十二月

十二月
我穿上禦寒的衣物
毛皮的肌理富含記憶的餘生
手邊有菸，世界有光
他人揮霍的一切我均渴求：
祕密，家庭，與屋內成套的藏書
那些文字我皆曾嗜讀
代替一天進食的總量

我藉此寫信
但並不寄出

流放地的春天還未到
身為旅人，身為愛人
我想望一張床
麻質垂簾的窗
迎接過無數晨曦的枕褥
希望有門，但勿給我鎖
歷年的積雪走近門前
以冷以潔淨誘我出戶

十二月
我蝸居床沿
披裹原始草糧般的衣料
獨寐時，貓一般挨近的那人
走路像異國詩人的句法
我把他還給他

把身體還給時光
燭照下貼好了郵票
潦草寫就：我想他

四季

也許因為出生在冬季
老懷想著要死在滾沸的沙漠裡
幼時啣著春日的胸房
午後雨水如乳蜜餵養我成長
不知道哪裡出了差錯
是十五歲那年長得太快
看得太仔細
疏忽而不遇毬果裡蹦生的少年
他觸著火便迸裂了我的心
從此後一輩子都走不遠

眼看印象派的葉尖走過西風
我野獸派的陰部日漸成熟
微笑時露出櫻桃色的牙齦
髮尾延伸，指向仲夏的海峽
我拉上窗簾
為你播放一曲韋瓦第

伍·

身與病之間形成了河流

貳拾柒

貳拾伍歲，趁風停的日子
收整一竿衣服
關上窗，趨落半室遊走的塵埃
那時候
塵絮的質地有如偶發的夢
夢中坐落著珍珠色的幽靈
想到貳拾六歲
再度點一根菸
信手亂翻幾叢舊照片
摺頁裡飛出幾隻斷脈的蝴蝶

柔軟掠過指間
而無影，想想也覺得年輕
貳拾柒歲
我想見自己
蔻丹豔紅，髮長過肩
有人向我說：想與子偕老？
有人打開窗
貼補我剝落的肌膚
成為九月的青天
穹空遼闊，美妙一如戀人
如城巷之間浪者狂走的弦歌
只是永遠，永遠
永遠非我所願

有病

若我有病
你該以什麼容器待我
用營養的露
妝點肌膚夏時的葉脈

當我褥熱，靈智受損
你該以什麼眼色
為我千里送雪而來
雪白而冷，染指了牆瘡
白是你的高鼻樑

你的野芒花——而冷
冷是風裡折脊的荒涼

當腰背輾轉
筋骨如霜
夜色使髮梢形諸蛇蛻的波紋
成長充滿艱澀
而病亦若是
若我有病
請記得每日荒蕪的午眠
記得曾在你腰間吻過潦草的字
記得我為你而完滿

每天我都覺得日子像夢一樣過去

每天我都覺得日子像夢一樣過去
最瘋狂的部分不是戲劇
而是我完整無缺的清醒
像一輪月
提示黑夜
提示我如此無辜地令你們難堪過

我無意造成任何人的困難
如果可以
甚至避免發起高燒

像竄焚一國之都
一念之間
身家性命都已倒懸
那是多麼神奇的場景
教我神迷而目眩
當日子像火像燙手的語言
燒盡我年輕而烏黑的眉毛
毀滅確實屬於一項成就
除了不去議問愛與憂愁

對自己的初潮抱持疑慮的

對自己的初潮抱持疑慮的
那個下午
話是說太多了
窗有點窄，窒息的光源
世界開始運轉

神為世人送來荷爾蒙
送來昂貴粗製的內衣
送來嘲笑，變化，與盲從
送來滾動的珍珠般難以彙整的經痛

送來一只信號
從他的手中，掌心舒開
我從來不是自得其樂的人
我能閱讀，開始發胖
痛恨健康，以及盤邊的油漬
我從來不是意志堅定的一個句子

從來不能被解讀：
一條文法，一段朗誦，一份睡眠……
將新冒的枝枒攔折
揉碎細葉，埋入泥淖
等待孵化
而我是多麼想要伸出手
重新確認他遺失的形狀……

我們在夢裡互相傾軋

忘記對你說我昨晚夢見你
你也忘記好好坐下來聽
點一盞燈，披一匹毯
你盤腿而坐的模樣原始而囂張
彷彿想烙一張麥稈的餅
或猖狂地獵幾頭熊

夢裡我是你的火苗
你是我潮濕的柴薪
有人說這些字眼充滿驕淫的隱喻

但你是那麼顯而易見
有著半頭捲髮與漂亮的眉毛
你是全世界都無法避諱的一行意象性字列

醒時我們擁抱，做愛，談天
睡著了卻開始隱蔽地爭奪
你的力量如春天的馬嘶熱烈而高亢
我感覺弱小，雙手無力
你全權決定了來或去
遮或現
晴或雨

醒來後，又重複墜入同樣的輪迴：
擁抱，做愛，談天
在夢中我們爭奪耕耘權

為了荒旱與幽靈怒氣難抑
睜開眼我看見一半的你
另外一半還將自己深深覆寫在睡眠裡
那麼用力的筆劃
就要刻壞了夜的鼻樑

我不會懷你的小孩

明天不會下雨
早晨不會起霧
不會選擇那件及膝的花洋裝
我不會懷你的小孩

十二月不會降雪
三月忘記準備海邊的郊遊
不會牽著手乘車兜風
不會並肩在淺灘行走
我也不會懷你的小孩

不善展現溫柔
同時沒有藉口
拒絕想像異國的文明
學習另一種彆扭的姿態
從碎雪迷濛的門前離開
我不會懷你的小孩
就像我無法負擔你的飢餓

衣服還沒有曬
我還沒有出門
每晚你的公寓忘了上鎖
我不會懷你的小孩

我的夢重疊著他人的夢

我的夢重疊著別人的夢
那重量好比奶油薄餅
寓言裡最表淺的隱喻
第一層依序走動
第二層表裡失聰
第三層轉彎下樓
地底的房窖常設無桌的筵席
為內視後無名的飢痛

在海流間徘徊
築漂木以為界

我的夢重疊著他的手
肌膚、髮梢與冷鰍肉凍
腳趾靠攏著腳趾
因摩擦產生意義
夢裡新長出一顆乳齒
我意識的息肉
為他強壯生養

風吹進來，引起睏與警覺
我的夢重疊著熄滅
重疊菸蒂，酒精
午夜三時無色號的醒
重疊衣服及慾望的縐褶
重疊牆頭的季節
牆外所有簌簌崩落的樹果

那麼涼颯的九月
重疊的夢是蜿蜒的雪天

我心中的瑰寶

為什麼生存是容易而
艱楚的？容易得
像過敏時草率丟棄的噴嚏
艱楚得像一夜爭吵後
伸出手臂
挽留掩門離去的愛人

手臂也可以用來
充當隱喻
掛滿他淘汰掉的領帶

他花了三個小時精心挑揀
卻忘記為你點上清晨的
第一根菸

也許是打火機的問題
那麼廉俗而靡艷的塑膠外殼
就像他胸膛膨張的羽毛
你明白他在求偶
向整座城市熱烈發情

你是彼此的局外人
熨燙襯衫的邊緣份子
入黨籍的無政府主義者
參加理念相左的祕密集會
熱衷缺乏創意的遊行標語

秩序的解構令你興奮
分泌粉紅色的腎上腺素
你抱著書本，遊蕩新闢的公園
有滋有味地咀嚼：
理論。理論。理論。

在重修五次的課堂上
你提問——為什麼
女人有知更鳥的咽喉？
為什麼做愛
適合在仲夏時節
一場淫蕩的雷雨之後？

你提問
繫著他新買的領帶

筆直舉著手臂
像一座不祥的燈塔

你舉牌，主張下課時間
飢餓的眼睛齊望著你
帶著從十八歲到六十八歲的
久經旱荒的神情

走進家門
他的蛋在爐上煎焦
他的咖啡喝得見底
他的晚餐，午餐和早餐
他全部自己料理

他打算出版
他打算巡迴展覽

他清洗好床單
換上米白色的蕾絲窗簾
他篩選了室內的光線

你提問
你有滋有味地提問
關於你渴慕遊歷的異國的草原
關於公園裡的野餐約會

他是一場旅行
他規避生存的必要的困境
這多惹人生氣
這多讓人痛心

你明白他的收集癖
全套的音響設備

全套的黑膠唱片
全套的俄國文學名著
全套的名牌西裝

他的吐司、咖啡和煎蛋
他喜歡自己料理
你明白他的烹飪天分
你解開他打好的領結
你再次舉起手臂

陸·

圓舞曲與皮影戲

波麗露

容我向你說明
寫信時，房間落下雪花
這絕非適宜居住的南島
粉紅色的調酒
總是潑灑在地毯上

植物總是枯萎
窗扉永遠緊閉
我將所有的空間纏上白色的繃帶
又將藥膏塗滿字的創口

體腔，與體腔的擠壓
遠方有人演奏精悍的舞曲
波麗露。
越變越小的世界裡
生存充滿軟而倒錯的邏輯

我不快樂。讓我為你說明
容易受傷，當你
經過我身邊
當你忘記搭配成套的領帶
我提議那成為一種輕忽
關係的癥結
像別在衣襟上的珍珠

用青色的墨水圈起句讀
像評論昨天的雲
交談前的地平線

煉愛世代

葡萄酒色的夜霧
霧瀰漫開身體的準則
默許萬千心靈的悖論

萬千：正因為我們是／世代
甫降生／世界就給我們表象
太多的床／太稀少的憐惜
太厚重的毛髮／太薄奠
的感情

因為必須淬煉／盜取真心
我就當作你懂得了
並當作你是
用溫柔話語佔據我半生的人
隔著不同的河流
知道愛的經過多麼難以辨認
知道愛的難能／與欲罷不能
知道愛的純與密是
蜂蜜花的程度

總是等到銷盡鉛華
才對自己說
低低地低低地說
甘心地說
才對你說

煉人絮語

說說他們對我的看法好嗎？
說說那天我們喝了下午茶
我選擇緞面洋裝，搭配
素色柔軟的高跟皮鞋
散步的時候，小心並著肩膀地走
得體嗎？我的頭髮
那麼地黑，像星辰周圍最稠密的夜
他們都知道了嗎？關於我們
常常半夜失眠坐起聊天
悄悄撬開核桃，小聲剝食

一層層鮮奶油慕斯般的話題
以前的事，教室靠窗的位置
討厭的老師，各種風格的霸凌
餐桌上我們重複檢驗，互相遞送甜點
我覺得這真好！我指的是──
午後三點的秋陽
湯匙的光澤
濃濃的茶
成對的英國瓷器
你提過了嗎？關於
我們已經開始彼此認識的事
我的工作、親戚
──還有貓。永遠別忘了貓！
那天他穿得多麼高雅
可以代我打聽那條漣漪織紋的白絲巾嗎？

不，我不想要新絲巾
我只是認為，好看的女人
必然要擁有特殊的記號。例如：
眼角的痣，二手象牙手鐲
尼泊爾色澤的藍胎記
那一類的──男人總不懂這些
我也喜歡
你手指的形狀
穿舊的薄毛衣，頭髮的氣味
諸如種種有時正是一種實踐性的象徵
超越所有粗糙推衍的理論
比如說胡桃木長匙
小狗，冬天要的抗菌厚棉被
之類的
我知道你不懂，我也不懂

那麼暫時先這樣
晚點我想吃義大利麵，貝殼形狀
淋上清淡的螯蝦湯汁
我想對正在節食的二十七歲女人來說
這就夠完美了

摩登少年

十月半，他翻開去年的壁曆
慎重地挑揀了日期
緩步穿過
新鋪燈芯絨地毯的演講廳

那天下午
五點以前，三點半以後
他手裡拖曳一件舊風衣
數算缺乏群眾的對號座
像索居的鶴
瘦而淡漠

新漆的杏仁色的窗櫺
濕氣在其上蒸散,婉轉如雲
在指腹形成小小的謎團
飄逸新鮮菸草與羊齒植物的氣味
他懷著心事
越過了池塘

那天下午,飄雨之前
剛好走在路上,認識了他
他說:擁抱我
隨即懊悔地笑
手揚一疊革命宣導手冊
攢起肩膀代替情緒化

代替杯子蛋糕、馬卡龍與藍芽耳機
代替了精細的記憶與被記憶

當他挑揀非主流的絕版專輯
細數街集與階級的微妙差異
十一月。我更瞭解他
也疏遠了些

布爾喬亞的哀愁

八月
我們開始準備
一種溽暑將近的衰頹
從頭髮先起——不染色，也
不熨燙。至於肌膚
永遠和指甲一樣
富含貝殼鈣的一種朦朧灰

我觸摸你，讓你想到海
俐落收拾了行李

拎起鑰匙，購買泳衣
你握著方向盤的姿勢
像抓住時代的裙襬消失在牆角
那是幽靈、女侍與遠房親戚
都無法蹴及的既視廣角

像是預言
我們的桌巾，手套和杯組
繡著肥碩山茶的小披肩
裹覆一副階級性的肉體
它永遠年輕，強壯
百年來情慾高漲

不如說是詛咒
當我遞出礦泉水

揉亂你新漿的襯衫
你不經意抱怨：布爾喬亞
雨水落地撞迸一河床碎沫
流盪振動的嘆息
散逸細微的晶柱體

是那樣精巧易碎的
小布爾喬亞的哀愁
在八月
頸間懸宕的思維
筆尖濃染的擊奏

手機社交

今晚好嗎？

你今晚好嗎？

我今晚很愉快

不，我今晚過得並不順利

開車來接我好嗎？

開車接孩子放學好嗎？

開車接孩子放學順便買晚餐好嗎？

有事請回電

有事，為何尚未回電？

謝謝你

謝謝你的關心
不用客氣，請
不用和我客氣
你人在哪裡？
認得路嗎？迷路了嗎？
謝謝你的款待
不，我不能再喝了
晚餐很不錯，下次我請客
你明晚有空嗎？
你明晚有約會嗎？
你今天的穿著很得體
是的，我很喜歡
我喜歡你
我在趕火車
我在趕公車

我在趕時間
我在開重要的會議，不
我並沒有說謊
和你見面很開心
改天再聊
下次再見

行走時我失去了路

行走時
我失去了路
路旁碎步尾隨的落石
那些稜角
曾如霧中降下的雨
刺啄我朦朧的感官
與其它容許被言說的形式

每個夜晚
我對你說

我失去了土地
泥壤如久睡而暖融的肌膚
夢想增茁一片片山林與溪谷
我失去填滿谷線生長的村莊
失去新生的春日的田畝
他們仍懷抱著希望
在一年
又一年

之後
也許依舊失去
筆與紙
歌與風
愛與信念
溫柔與哀愁

陸陸續續
如歸港的漁船
島岸緩緩燈火

你那麼帝國主義，他那麼病

天色暗暝時，等在巷口回頭望你的那人
他的臉藏於公寓的暗影
霎時，雀群聚散進退
如雲光潮湧
如千萬張明信片褪掉了語言的手跡
你丟失了門口的鑰匙
他仍缺乏花式咖啡的迂迴特技
穿一襲舊風衣
立於狹巷燈下
吞吐長長長長的一捲菸

後來想起他，還是覺得幸福
早晨，使用精瓷茶具沖泡雜穀麥片時
從肩膀脫下純棉白色睡袍
任其掉落於遠東婦女的手織地毯上時
背倚著六門尺寸雙層落地窗
在二十二樓的商務辦公室點燃Bolivar Cigars時
思考關係，以及彼此關係間的關係

你一把拉開桃花心木英式抽屜
彷彿就此釋懷過往
你那麼帝國主義
他那麼病

觀光業

明白自己不會得到更好的
在輾轉煩憂的無事之春
窗扉沿街開啟
風起就像修辭
在鴿灰色的晨曦中

告訴自己量力而為
嫻諳進退
在雙人尺寸的玫瑰花床上
策劃所有被婉拒的節日

像進行一場謀反
一場社交酒會般的革命前夕

那就拿走乙
那就成為Z
站上橡木的箱底
發表演說，圍繞噴泉
推動全人類失眠的觀光業

你正在練習重要的事情

你正在練習重要的事情
比如說走上街頭
比如說關掉手機

多麼必需的刺激
讓你用誠實的慾望
接近世界的核心
彷若一趟旅行
一場冒險
一盤賭注

把所有的青春都押在
永不揭曉的謎底上
像身邊的盟友沉沉睡去後
窗緣遲遲甦醒的天光

比劃玻璃呵出的霧痕
那麼骯髒，近乎勇敢
彷彿展開一場溫柔的武裝革命
你感覺新奇
即將起身梳洗
把自己套進全世界少年們共享的肌膚

時代寵愛著你
你挺起胸，表示驕傲
隱約意識到清晨的影響力

在抗議布條上簽署了真名
張開嘴品嚐甜蜜的暴行

給下一輪太平盛世的備忘錄

每個美好世紀的開端
清晨總是飄雨
少數不下雨的日子
你撐開墨色的風衣
用夜晚的餘燼
包裹自己
為字取暖
總是閱讀

善見證故有如
徘徊句與讀之間

絮絮不休的無盡空白之使徒
如奔走於廣場
爬上一座露臺
一座燈塔
一把孤椅
說一個字

你說：輕
便有了浮昇水面的洲島
你說：快
便有了穿梭髮際的風聲
你說：準
便有了一擊破空的落雪
你說：顯
便有了百象齊映的鏡影

最後你說：
繁
轉瞬間，愛人的眼睛
萬花盛開

　　　　　　──刊於莎妹劇團《Be Wild：不良》

【推薦序二】
被挫敗的偶然與即興而來幸福的泉湧

印卡

　　日子紛紛洄游，時間彷彿回到2004年我們仍在北海岸那一班往福隆的列車上——當時崔舜華身著紗籠裙，那是她還迷戀民族風的時期，也是感情史著實煎熬的一段。在那段因為創作結緣，偕同去東北角的日子，作為後來者，我們的創作史在「明日報」崩解後輕易被甩尾掉了。曾經輝煌過的「我們這群詩妖」與「隱匿的馬戲班」可以勾勒出台灣六年級詩人的樣貌，解釋起一時風行的多媒體詩歌，但卻很難輕易地描述七年級詩人，套裝理論的闕無，使得部落格興起後，幾乎在許多評論者在「明日報」事件後，對日後部落格的興起，RSS的出現，難以做出對這些文學活動的反應。在網站走向手工業時期，網路世界日漸離散而又因為社群媒體的出現重新傳播管道，若將明日報做為世紀初台灣網路文學泡沫化，或許回頭來看《壹詩歌》後來，七年級詩人在不同層面反動地發創同仁刊物或是回頭來文學結社，也有了莫名的意義。

　　也許是因為余玉琦的促就下，我們在2007年出版收錄了崔舜華、夜蝕柒、林達陽、席米蘇、廖啟余、印卡、林哲甄、余玉琦、郭勉麟的同人誌《貳捌》。同時期，台大有《文火》，師大有謝三進主導的《海岸線》，日後發展影響了《波詩米亞》、然詩社甚至後來的風球詩社，《好燙詩

刊》。這背後的意識型態不單單是簡單尋求發表空間,作為
前世代的網路泡沫化,除了網路發表外,同仁刊物無疑成為
後來文學社團發展的補償性內化。

在那一段期間,後來常被我戲稱為她詩歌斷代中的威尼
斯時期。如〈暗色的行囊〉一詩中,看似幽微卻壯闊磅礴的
波光,有時在她後來的詩歌中也鮮少見到了。

> 在威尼斯的小船上
> 你向我,向我
> 告別,舉起暗色的行囊
> 月色如大雪,覆擁整座運河
> 黑瑪瑙的波光
>
> 你向我告別,小船
> 搖蕩,如蘆葦的韻腳
> 沒有船伕,沒有槳,沒有風
> 或人世中的任何一點聲響
> 甚至你騷動的鼻息
>
> 萬籟寂沉,因為我沒有
> 玫瑰般的雙唇,能吐
> 夜鐘般的音節
> 供你優雅吞咽,恰似你時時有味咀嚼的
> 那只全麥的傷口……

這首詩中「玫瑰色的雙唇」後來在舜華的詩歌之中成為

了常見的主題，《波麗露》中，如同蜂鳥般的雙唇或是詩中再言「再奪回那兩片嘴唇／說出的話也不是我的」，自當可看見不同於哲學家Irigaray所言「自體愉悅」（autoeroticism）。自體愉悅概念來自於「兩片唇」：成雙成對的「二」無時無刻愛撫著彼此，但在崔舜華的詩歌是情慾對象的封閉性、語言的獨斷性。男子彷彿她的姊妹，語言無法超脫傷口而乃致傷口的一部分，是其詩語言為何始終挑動讀者悵然的緣故。

關於這本詩集的名稱《波麗露》，我拿到書稿著實想了一下，想必是因為前些日子崔舜華開始學起了烏克麗麗。某種程度上崔舜華在我輩的寫作者中，她大多的作品是根植於生活與情感的經驗。就拉威爾所著寫的這首西班牙與阿拉伯風味，呈現兩種固定元素（節奏、旋律）的一再循環的節拍節奏，但在崔舜華的詩歌中呈現出的是另一種複調，在遠處的是舞曲，再近處的則是越變越小的世界裡／生存充滿軟而倒錯的邏輯。也就像是哲學家Alain Badiou在《愛的多重奏》裡談到：「示愛，是邂逅事件到真理建構過程的開端，用某種發軔把偶然的邂逅固定下來。這種開端充滿新世界般的經驗，但當人們回顧時候覺得這非偶然而是一種必然。」這本詩集中所呈現的愛情大多在屬於那些流動的誓言中，危險的平衡中。

比如在拉丁語或希臘語中，物質（materia and hyle）既不是一種簡單、直截的確定性，也不是像空白石板一般等待著外在意義的指涉，而是在某種意義上建立在時間變化的連動性上。這種連動性無疑是崔舜華這本詩集《波麗露》不斷出現的陰性空間，如其詩中所言——體腔，與體腔的擠壓／遠方

有人演奏精悍的舞曲／波麗露——一種在音樂帶動所展現女性身體。若再究其物質在哲學意義上的發展，希臘語中 hyle 就是來自林間的薪柴，準備著被加工使用，而 Materia 在拉丁語中除了指那些用作房屋或是船隻的梁木外，更包括從母體而來滋養的養分。在一些女性哲學家討論中，物質往往被追溯回母性或是母子共生空間（chora）中，如崔舜華一首敘事組詩〈世紀‧事記〉：「諾亞，把陸上的走獸／空中的飛禽，都鎖入了／多難的子宮／漂流汪恣的羊水之上」，或是這本詩集沒收錄到的絕佳之作〈高原的風〉：

很簡單啊
你要我怎麼樣地去愛
像瓶身裝滿渴欲

要我走那樣的路
造那樣的字，暗藏那些注視
就像高原的風颳裂我體內
每一處微細而酸敏的神經
當我欠身，翻坐起
在空無一人的荒漠高地
高原的風是鹹色的海
高原的風有神的臉色

每一次的相識
吹開草原的前襟
都像誕生了祕密

　　雖然關於宮籟的討論很多，但如果可以從亞里斯多德的
觀點，把運動無計可施對效應的描述轉移到笛卡爾觀點對宮
籟細部區域的運動拓樸到詩歌語言之中，〈高原的風〉一方
面是Wallace Stevens〈罈〉或是覃子豪〈瓶的存在〉巧合的陰
性改寫；另一方面這首詩或是《波麗露》詩集中可以清楚觀
察到在崔舜華中詩歌意象從宮籟、肉身到衣著（前襟）服裝
中的動力學（Dynamics）。

　　在我眼底，這本詩集避開集結早期之作甚為可惜，比如
〈無糖綠茶〉所呈現少女澄靜的行述性（performativity），崔
舜華作品中，不同其他當代女詩人往往詩中說話主體呈現著
高度的流動，我時常私底下將崔舜華的作品分為威尼斯、農
婦、王母以及懷妊者這些女性角色在其詩歌意象群各有不同
系統，以及情感狀態的分野。而在崔舜華的詩歌中，如同先
前提到自體愉悅概念來自於「兩片唇」：成雙成對的「二」
無時無刻愛撫著彼此，除了行述性高度變化，在單一詩歌中
不同詩段也呈現不同敘事觀點的流動，比如〈葬禮〉的衣
塚、淺臥春泥的我，以及舊門後／將要涉入的場景（被潛藏
的事件），或是你我他多方的角力，或是〈待我如同形上
學〉，以宮籟為陰性空間，性愛與月事的反覆換喻。崔舜華
詩歌中那些細緻的動力學變化彷彿就是韓波所說的：「我就
是他者。」

　　另一方面讀者可以發現崔舜華的詩歌中，食物與服裝在
詩句中不斷替代。這些對經驗生活的敘事猶若Paul Ricoeur
《胡塞爾與歷史的意義》中所說：「原初的自我是生活，它
的第　個成就是前科學的感知」，在對感知的分析中，一個

170

新的被給予方式被開掘出來：動感意識。「動感意識」的發現，往往不在身心二元格局內。一方面女性身體受到工業化後驅使的性感形象作為一種時尚或自我表達；另一方面，如前述的行述性，服裝的諸多描寫一方面給予崔舜華的詩裡面不同女性角色，另一面有意識地接受或拒絕女性社會形象來產生作品內部對於情感狀態的判斷。在許多詩中，舜華透過服裝，有時擴大為窗簾、床鋪布紋漸次房間成為身體的延伸。我們要注意的是在許多當代詩人的句構與意象構成，與早期超現實主義單純仰賴身心論述的前行不同的是在後工業社會出現之後我們的身體感，如同 Marshall McLuhan 曾經主張，任何科技的發明都是我們身體的延伸或自我切斷，而隨著新的延伸的出現，我們身體的其他器官和延伸必須重新調整新的比例。而服裝在崔舜華的詩歌便是扮演這樣的角色：

　　供你華靡異想
　　當我伸出手，當我
　　並不伸出手
　　銀黑蔻丹或楓緞洋服

　　金色的希臘走下伸展台對我
　　伸出巴黎般的手肘

　　我的肩膀緊挨著你的
　　棉料填充的**厚外套**，右手臂
　　髮梢悄悄分歧，留下荒誕路徑
　　針織披肩善作閱讀
　　溫暖柔軟，默記在心

　　服裝成為舜華詩歌的一種外部記憶，或甚至自我意識的一部分，這也是為什麼我常閱讀其詩歌可以感受到那種多方視角精細情感互動的動力學（Dynamics）。而食物的意象，比如紅酒燉肉、玫瑰粥、裸麥湯器……更直指先前提到的 materia，比如有些詩句：

> 才有上好的營養素
> 罌粟紅，橄欖綠，榴槤橘
> 嬰孩般無所遁形的藍
> 我良久沒有張嘴
> 動用卵石滾落的音節
>
> 我將出生標註在冬天
> 在人人慣性夢遊的年代
> 打鼾時吃粥
> 碰到牆，轉彎洗水果

　　飲食作為一種生活的療傷，恰好與舜華在詩中呈現的勸世話語作為呼應補助的部分，如同：「就過生活如同／被排演了千萬次的蒼老的舞台後／那唯一一次的差錯／買廉價的玩偶／說違心的笑話／渡久旱的河流。」也誠若「我蝸居床沿／披裹原始草糧般的衣料」的譬喻草糧與衣料乃是互為表裡食物與服裝對身體的內外描述，表現與滋養。

　　崔舜華在詩中的意象向來即是彩度鮮豔，並且許多看似壯闊的場景從身體推向世界，這種身心靈的擴大。如〈魔鬼藏在細節裡〉「世界的邊緣／座落著巨大的廣場／中央的噴泉

壓抑地吞吐／花蕊般冶豔的湧瀑／遠處的戰爭向虛空呼喊：／動盪，動盪，動盪」或是將巨大焦慮收納於一個群體如〈待我如同形上學〉「在西曬前跋涉床褥的小冒險：／寵物蜥蜴、偽裝術、玻璃花器／輕量揶揄與法式瑜伽內衣／殷求你待我如同形上學／待我如世間第一個晚春／烘焙我腹內永恆乾燥的胚胎期」或是〈旅程〉「但世界對你而言／從不旋轉,或傾斜／眾人皆需依你的睡痕行走／趕路,或不趕？／紐約的房客如是說／金髮碧眼的John／使你錯謬地想起中國／鸚鵡色澤的磁殼城市。」這亦是在崔舜華的詩學之中，從宮籍、肉身到衣著服裝動力學（Dynamics）的變形與擴大。

　　對我來說，我們這個世代之中，崔舜華用女性主義的讚詞來說，是名引用的女人，將整個世界與人生納為她修辭的、她反抗、她包容的詩歌。在整個被隱蔽的七年級世代所幸舜華仍然持續地在寫著，戀人如同全世界都無法避諱的一行意象性字列，而身為一名長期閱讀她作品的讀者，我也會記得每個在腰間吻過潦草的字，感謝詩人為戀人而完滿的這些詩歌。

女媧與妖——

《 波 麗 露 》 新 書 分 享 會

....

· **主講**／崔舜華（《波麗露》作者）VS.
　　　　羅毓嘉（《嬰兒宇宙》、《偽博物誌》作者）

· **時間**／2013年4月19日（五）
　　　　晚上20:00~21:00

· **地點**／誠品書店台大店3樓藝文閣樓
　　　　（台北市新生南路3段98號）

· **洽詢電話**／02-27494988

國家圖書館預行編目資料

波麗露／崔舜華著. --初版. --臺北市:寶瓶文
化, 2013. 3
面； 公分. --(Island；195)
ISBN 978-986-5896-20-1（平裝）

851. 486   102002826

island 195

波麗露

作者／崔舜華

發行人／張寶琴
社長兼總編輯／朱亞君
主編／張純玲・簡伊玲
編輯／賴逸娟・禹鐘月
美術主編／林慧雯
校對／賴逸娟・陳佩伶・劉素芬・崔舜華
企劃副理／蘇靜玲
業務經理／盧金城
財務主任／歐素琪　業務助理／林裕翔
出版者／寶瓶文化事業有限公司
地址／台北市110信義區基隆路一段180號8樓
電話／(02) 27494988　傳真／(02) 27495072
郵政劃撥／19446403　寶瓶文化事業有限公司
印刷廠／世和印製企業有限公司
總經銷／大和書報圖書股份有限公司　電話／(02) 89902588
地址／新北市五股工業區五工五路2號　傳真／(02) 22997900
E-mail／aquarius@udngroup.com
版權所有・翻印必究
法律顧問／理律法律事務所陳長文律師、蔣大中律師
如有破損或裝訂錯誤，請寄回本公司更換
著作完成日期／二〇一三年二月
初版一刷日期／二〇一三年三月四日
ISBN／978-986-5896-20-1
定價／二五〇元
Copyright © 2013 by Tsui Shun Hua
Published by Aquarius Publishing Co., Ltd.
All rights reserved.
Printed in Taiwan.
財團法人│國家文化藝術│基金會 補助出版

AQUARIUS

愛書人卡

感謝您熱心的為我們填寫，
對您的意見，我們會認真的加以參考，
希望寶瓶文化推出的每一本書，都能得到您的肯定與永遠的支持。

系列：Island195　　**書名：波麗露**

1. 姓名：＿＿＿＿＿＿＿＿＿＿　　性別：□男　□女

2. 生日：＿＿＿＿年＿＿＿＿月＿＿＿＿日

3. 教育程度：□大學以上　□大學　□專科　□高中、高職　□高中職以下

4. 職業：＿＿＿＿＿＿＿＿＿

5. 聯絡地址：＿＿＿＿＿＿＿＿＿＿＿＿＿＿＿＿＿＿＿＿＿＿＿＿＿＿＿

　　聯絡電話：＿＿＿＿＿＿＿＿＿＿＿　　手機：＿＿＿＿＿＿＿＿＿＿

6. E-mail信箱：＿＿＿＿＿＿＿＿＿＿＿＿＿＿＿＿＿＿＿＿＿＿＿＿

　　　　　　　□同意　□不同意　免費獲得寶瓶文化叢書訊息

7. 購買日期：＿＿＿＿　年　＿＿＿＿　月　＿＿＿＿日

8. 您得知本書的管道：□報紙／雜誌　□電視／電台　□親友介紹　□逛書店　□網路
　　□傳單／海報　□廣告　□其他

9. 您在哪裡買到本書：□書店，店名＿＿＿＿＿＿＿＿　□劃撥　□現場活動　□贈書
　　□網路購書，網站名稱：＿＿＿＿＿＿＿＿　□其他＿＿＿＿＿＿＿

10. 對本書的建議：（請填代號　1. 滿意　2. 尚可　3. 再改進，請提供意見）

　　內容：＿＿＿＿＿＿＿＿＿＿＿＿＿＿＿＿

　　封面：＿＿＿＿＿＿＿＿＿＿＿＿＿＿

　　編排：＿＿＿＿＿＿＿＿＿＿＿＿＿＿

　　其他：＿＿＿＿＿＿＿＿＿＿＿＿＿＿

　　綜合意見：＿＿＿＿＿＿＿＿＿＿＿＿＿＿＿＿＿＿＿＿＿＿＿＿＿＿＿

11. 希望我們未來出版哪一類的書籍：＿＿＿＿＿＿＿＿＿＿＿＿＿＿＿＿＿＿＿

讓文字與書寫的聲音大鳴大放
寶瓶文化事業有限公司

（請沿此虛線剪下）

寶瓶文化事業有限公司　收

110台北市信義區基隆路一段180號8樓

8F,180 KEELUNG RD.,SEC.1,

TAIPEI.(110)TAIWAN R.O.C.

（請沿虛線對折後寄回，謝謝）